Jacques FRANTZ

Jour après jour
Les choses de la vie

Editions S.d.E

Sur simple demande adressée aux Éditions
Société des Écrivains, 147-149 rue Saint-Honoré, 75001 Paris,
vous recevrez gratuitement notre catalogue
qui vous informera de nos dernières publications.

–

Texte intégral

ISBN 2-7480-1396-4

avec les mots qui sont les miens…

La vie n'est jamais un long fleuve tranquille

Les plus désespérés sont les chants les plus beaux,
Et j'en sais d'immortels qui sont de purs sanglots.

Alfred de MUSSET

Mon Dieu, vous m'avez appelé parmi les hommes. Me voici, je souffre et j'aime. J'ai parlé avec la voix que vous m'avez donnée. J'ai écrit avec les mots que vous avez enseignés à ma mère et à mon père qui me les ont transmis. Je passe sur la route commune comme un âne chargé dont rient les enfants et qui baisse la tête.

Je m'en vais où vous voudrez, quand vous voudrez.

L'Angélus sonne.

Francis JAMMES

au Papa
que je n'ai pas connu,

à ma Mère,
à mes sœurs,
aujourd'hui disparues.

à Marie,
malgré tout.

à mes Fils,
pour tout.

Qui, au cours de sa vie,
A un moment donné,
N'a pas éprouvé le besoin ou l'envie
D'écrire ou bien de versifier,
Pour raconter ses amours les plus fous,
Les drames de la rupture,
La souffrance de son corps,
La désespérance de son âme
Ou la tristesse de sa vie.
Qui n'a pas cherché,
Avec ou sans talent,
Peut-être une fois seulement,
Par des mots alignés,
De recréer la musique
D'un cœur en plein délire,
Et dire à l'inconstante
Qui vous a quitté
Que l'amour n'est pas mort
Et que, seul désormais,
Tout doucement,
Vous cessez d'exister.
Qui n'a pas pleuré sur son sort,
Sur ses échecs répétés,
Sur sa raison perdue
Ou sur sa lassitude,
Sur des tombes ouvertes,
Sur des blessures que le temps
Ne pourra jamais cicatriser.
C'est toujours avec des mots,
Les uns à côté des autres,

Dans une prose désordonnée,
Dans le vers libre,
Ou dans l'alexandrin,
Que l'on refait le monde,
Que l'on rêve d'une autre vie,
Que l'on refait d'autres voyages,
Jusqu'au bout de la Terre,
Vers d'autres abordages,
Aux confins de l'illusoire
Et de l'inaccessible.

Amour
Tendresse
Et autres romances mélancoliques

Demain dimanche

Demain dimanche,
J'irai me promener
Et cueillir des branches,
Blanches,
Pour vous les donner.
Mais ce soir la pluie tombe,
Persistante,
Pénétrante,
Il vente
Et dans la nuit
La chaussée luit
De pluie.
Ce soir,
Je vais au hasard,
Du pas bizarre
Du sans domicile.
Je cligne des yeux
Aux halos des réverbères,
Et j'ai la vue brouillée
D'un écran mouillé
Qui déplace les choses,
Transpose,
Et métamorphose
La réalité.
J'évite de marcher
Sur les ombres portées
Des troncs d'arbres,
Pensant que c'est important

Et que mon bonheur dépend
De cet absurde manège.
J'imagine des faits,
Je fais des projets
Où tout m'est favorable.
Prologue,
Dialogue,
Sans suite ni raison,
Conclusions
Qui vous paraîtraient folles.
Mais demain dimanche,
J'irai me promener
Et cueillir des branches,
Blanches,
Pour vous les donner.

Sérénade

Bella, cruelle indifférente
A l'amour de Bello,
Soupire et lance, l'âme errante,
Des cailloux blancs dans l'eau,

Rêvant aux folles mascarades
De signor Bellito.
Cris, rires, baisers, sérénades,
Ivresse et bel canto.

Bello, qui ne dit mot et pleure,
Gratte sa mandoline,
Et son cœur se souvient d'une heure
Triste, grave et câline.

Quiétude

Allongée contre moi
Tu dors,
Et moi je t'écoute
Respirer,
Et goutte à goutte
Je sens
A ton poignet
Ton sang circuler.
Ta chaleur
Et la mienne
Sont au même degré.
Doucement je t'enlace,
T'embrasse,
Heureux
De l'amour partagé.

Dimanche de pluie

Dimanche après-midi barbouillé, froid, gris,
Comme un jour de Toussaint qui lentement se traîne ;
Dans la vitre s'encadre un platane amaigri
Qui dresse vers le ciel une main presqu'humaine.

Le front sur le carreau, je regarde passer
Les gens crottés, trempés et courbés sous la flotte ;
Aussi le chien mouillé, affamé, harassé,
Qui sur le macadam à tous petits pas trotte.

Marie est sur le lit, allongée, et somnole,
Se cambre et me sourit, resplendissante et molle,
Et d'un doigt hésitant gratte ses cheveux fous.

J'oublie et mauvais temps et la vitre blafarde,
Dans l'ombre qui descend ma femme me regarde
Et d'un geste dit viens, le reste je m'en fous.

Va mon cœur

Va mon cœur chaviré
Qui ne bat que pour elle,
Va mon cœur transpercé
L'effleurer de ton aile,

Légère, enchanteresse,
Et que ton mouvement,
Soit comme une caresse,
Troublante infiniment.

Dis-lui tout mon amour,
Dis-lui que ma tendresse
N'attend que son retour
Pour mourir d'allégresse ;

Et dis-lui que mon âme
En un songe tout blanc,
Rêve un épithalame
Qu'elle chante en tremblant.

Va mon cœur chaviré
Qui ne bat que pour elle,
Va mon cœur transpercé
L'effleurer de ton aile.

Réminiscence

Pourquoi me suis-je souvenu
De vous, si belle, Ô ma charmante,
Vous qui n'êtes pas revenue
Et n'êtes qu'une ombre dansante,

Et un peu folle et imprécise ;
Vous souvient-il toujours de moi ?
Etes-vous toujours indécise
Et que me reste-t-il de toi !

Pourtant mon ange vous m'aimâtes ;
Vous me disiez beau et puissant.
Ô vos mains aux ongles de chatte
Qui me griffaient en caressant.

Vous souvient-il de nos baisers,
De mes désirs un peu étranges,
Vous souvient-il lorsqu'apaisé,
Je vous lisais mes vers mon ange ?

J'aime, me disais-tu, ta voix
Ta voix triste mais douce et claire,
Ta voix et l'incroyable foi
Que rien jamais ne désespère.

Tu m'écoutais les yeux mi-clos
Et le menton dans tes deux mains.

Tes boucles sur ton front pâlot
Sur tes joues tombaient en chemin.

Mon rêve alors semblait le tien
Et je croyais bien te comprendre,
Mais je n'étais qu'un pauvre chien,
Peut-être aussi bête que tendre.

Je fus trompé, fort bien, en somme
Cela me paraît fort commun ;
J'ai rencontré bien d'autres hommes
Qui pourraient me donner la main.

Chansons tristes et parfois même désespérées

l'Amour qui va et qui s'en va

Où est-il le temps
Longtemps vécu
Où tu m'aimais.
Est-il possible,
Enfin,
Que ce soit,
En soi,
La fin même
De toi et moi.
Et pourtant,
Je sens
Se confirmer
Une sorte d'hostilité
Que je n'ose analyser
Et qui pourtant nous oppose
A perpétuité.
Qu'en est-il aujourd'hui
De nos élans passés,
De la joie de nous retrouver
Et de nous dire
Mille choses stupides,
Mais avec les yeux limpides
De l'amour partagé.
Les jours ont passé
Et il ne reste
En vérité,
Pour toi qu'une habitude,

Des attitudes,
Et aussi une lassitude
Inavouée.
Pour moi, je bois de l'amertume,
Je trinque avec la lune
Et je t'aime à en crever.

Croyance

Je croyais en toi
Comme on croit en Dieu,
Au Père Noël,
A la tireuse de cartes,
A la Mater Deï
En robe bleue
Comme les enfants de Marie.
Je croyais en toi
Je croyais, je croyais,
Comme un séminariste,
En jésus,
Comme un martyr
Des temps romains
Que les fauves dévoraient
Et qui quand même priait
Et remerciait
Le Bon Dieu.
Je croyais en toi
Comme un maniaque
En ses manies,
L'ivrogne en son vin,
Le garçon de café
En son pourboire,
Le chien en son os.

Je croyais en toi,
Mon amour,
Et j'ai été déçu.

Nocturne

J'ai composé ce soir un étrange poème
Que vous ne lirez pas, car il est bien trop long
Et faux comme le son d'un mauvais violon
Qu'un archet fatigué martyrise quand même.

J'ai chanté pour moi, seul, d'une voix qui détonne,
Les amours du passé, les espoirs en suspens,
Les beaux rêves dorés, mon cœur qui se répand
Crevé d'un lourd sanglot qui le glace et l'étonne.

Ma pensée alourdie, un peu trouble et perverse,
Retrouve en sa douleur des charmes captivants,
Faits d'amers souvenirs défunts et revenants.

J'ai cheminé sans but, dans le vent, sous l'averse,
Dans un dense brouillard, mouvant, immatériel,
Me cernant de néant, d'absurde et d'irréel.

L'absurde voyage

J'ai perdu tout espoir
Et une immense peine
Enveloppe ce soir
Mon cœur sans nul espoir.

Les yeux fermés je rêve
Au bonheur entrevu,
Un jour, une heure, brève,
Que je pleure et rêve.

C'est le triste voyage
Sans joie et sans amour
Sans but, sans nul bagage,
O l'absurde voyage.

Un jour pourtant

Je suis vieux maintenant
Et j'ai tout perdu
De ce qui avait fait de moi,
Peut-être pour un jour seulement,
Il y a longtemps,
Autrefois,
L'idéal de ta vie.
Je voudrais pouvoir me rappeler
Et situer ce jour-là,
Me le raconter à moi-même,
Tous les matins,
Tous les soirs,
Plusieurs fois,
L'enjoliver jour après jour
D'un peu plus d'amour,
De poésie et de tendresse.
Mais aujourd'hui mes mains sont vides,
Mon cœur est triste,
Je suis seul.

Solitude

Les bruits divers
De la rue
Montent jusqu'ici,
Grandissent
Par moment,
Puis s'évanouissent
Je ne sais comment.
Ma rêverie
S'habitue
A ces bruits extérieurs,
Des souvenirs
A n'en plus finir
Se déversent,
Oppressent
Et bouleversent
Mon cœur.
C'est l'heure
Longue
Des soirs
Où la détresse
Se nuance
D'une tendresse
Faussement désespérée
Où l'étrange
Se mêle
A l'absurde
Et à l'irréalité.
L'heure

Où me revient,
Lointain,
Et presque voilé,
Le souvenir d'un bonheur
Perdu
Mais jamais oublié.
Dehors,
Un pas résonne,
Un chien vient d'aboyer,
Une heure sonne,
Seule,
Elle aussi.

Spleen

Tout ce que j'ai vécu fut triste et lamentable,
Mais je m'en accommode en me félicitant,
Tant il est bien prouvé que l'homme impénitent
Que je suis se complaît dans des rêves instables.

Je n'ai rien su garder qui me soit profitable
Et détruit à plaisir ce que j'aime pourtant ;
Alors je me souviens, pleure les chers instants,
Berçant mon pauvre cœur de regrets détestables.

Mon Dieu que faut-il tuer ? Le Moi, les souvenirs,
Ou bien le fol orgueil que ne peut retenir
Ma trop faible raison toujours mise en déroute

Par les assauts vainqueurs de l'instabilité
Qui me poussent au mensonge, à la facilité,
Jalonnant de remords mon inchangeable route ?

Peinc

Mon cœur a mal et je suis seul
En ce soir triste.
Plus rien de toi et sans toi, seul,
Plus rien n'existe.

Ferme les yeux et souviens-toi
Des heures folles
De notre amour, ô souviens-toi
Et me consoles.

Penche ton cœur sur le passé
Et sur mes plaintes,
Revivons baisers du passé
Et nos étreintes.

Ardeur, bonheur et volupté
De la jeunesse.
Que reste-t-il ? La volupté
De ma détresse.

L'espoir m'est un chant musical
Et qui m'entraîne ;
Le rêve, au rythme musical,
Berce ma peine.

La fin du voyage

Lorsque l'homme a vécu et que pêcheur indigne
Aux vils plaisirs humains il adresse un adieu,
Il regarde le ciel, y cherche comme un signe,
Un espoir éternel, quelque geste de Dieu.

Mais que reste-t-il donc de la beauté fragile
Des femmes qu'il aimât tout au long de sa vie,
Mais que reste-t-il donc de cet argent facile
Qu'il brulât sans compter et selon son envie.

Rien, rien, tristement rien, qu'une peur indicible,
Un repentir tardif, un espoir impossible,
Un remords angoissé qui glace de terreur.

Où êtes-vous alors, plaisir, vagues, factices,
Fêtes, festins, baisers, douleurs, haines et vices,
Quand la mort se présente en son voile d'horreur ?

Chanson triste et ressassée

Aujourd'hui, seul et harassé,
Là où le destin m'a placé,
Sur ce chemin mal carrossé,
Je vais le cœur tout cabossé
A la recherche d'un passé
Où belle à mon cœur adossée,
J'aimais te regarder danser.
Mais ce temps-là est dépassé,
Et si rien ne s'est effacé
De ces jours fous et insensés,
Plus rien ne peut recommencer.
Alors sur ma route tracée,
Regard éteint et front glacé,
Tout seul, abattu et cassé,
La détresse à mon cœur vissée,
Je rechante sans m'en lasser,
Ma chanson triste et ressassée.

Déprime matinale

Le ciel a le front bas et le froid qui pénètre
Glace mon corps frileux.
Je regarde sans voir le matin qui va naître,
Las et silencieux.

Je ne sais pas pourquoi mon âme est à la peine
Et mon cœur en morceaux.
Je suis un vieux bateau que la tempête entraîne
Au plus profond des eaux.

Réussirai-je un jour à refaire surface
Sur le flot étalé ?
Pourrai-je regarder l'astre du jour en face
Sans en être aveuglé ?

J'ai vécu tant d'années, il ne m'en reste guère,
Assumant mon destin.
Alors vogue ma vie et vogue la galère,
Jusqu'au dernier matin.

Symphonie fantastique

Il flotte dans le soir comme un vent de panique,
Un souffle furieux qui hurle à l'infini,
Droguant le musicien, dictant à son génie,
Les accents rigoureux d'une étrange musique.

On entend dans la nuit mille plaintes mystiques,
Mille cris de douleur, mille chants d'agonie ;
Le tonnerre affolé bouscule l'harmonie,
Mêlant à tous les vents ses notes frénétiques.

Ayant ainsi jeté aux quatre coins du ciel
Un plein chant révolté qui se veut démentiel,
Redoublant de fureur, tempête indéfinie,

Eclatent rugissants les cuivres despotiques,
Hurlant toute la nuit l'ardente symphonie
Qui traverse les airs d'un galop fantastique.

Prières

Dimanche des rameaux

Dimanche des rameaux,
Le soleil perce en haut
Les carreaux,
Les vitraux,
Illuminant la nef.
Le curé dit la messe
Du dimanche des rameaux.

Messe du dimanche,
Avec en plus les branches
Et les rameaux d'olivier
Que le curé va bénir,
En souvenir
De ces mêmes rameaux,
De ces branches coupées,
Que les foules subjuguées
Répandaient en son temps,
Avec leurs vêtements,
Sous les pieds
De Jésus
Qui lentement
Entrait dans Jérusalem.
Alors allait commencer
La poignante semaine
Où juges et vendus,
Par Caïphe et par Judas,
Préparaient sans vergogne
La sinistre besogne,

Jusqu'à la mort de Jésus
Au Golgotha.
Il n'y aura plus là,
Au pied de la croix,
Pour pleurer et pour croire,
Que Marie vierge et mère
Et Marie de Magdala.

Dimanche des rameaux,
Le soleil perce en haut
Les carreaux,
Les vitraux,
Illuminant la nef.
Le curé dit la messe
Du dimanche des rameaux.

Le saint jour de Pâques

Jésus Christ,
Notre Seigneur,
Notre Sauveur,
Est ressuscité des morts.
Célébrons Pâques
En des chants d'allégresse,
Alléluia !

Cloches, mortes depuis trois jours,
Reprenez vos élans cadencés et sonores ;
Annoncez partout le retour
Du Christ ressuscité.
Alléluia !

Sonnez humbles clochettes,
Bronzes des cathédrales
Qui ébranlez les dalles
Des lieux saints où l'on prie.
Alléluia !

L'autel richement décoré
De fleurs, d'ors et de linges blancs,
A retrouvé sa croix dorée,
Ses ornements et son curé
Qui officie à gestes lents.

Sur la croix de métal brillante et éclairée
Qui se dresse au-dessus de l'autel allumé,

Je regarde ô Jésus ton visage penché
Sur ta poitrine morte et ton côté percé.
Je regarde tes mains et tes pieds transpercés
Par le fer des longs clous dans ta chair déchirée.
Inique jugement, supplice immérité,
Et pourquoi, ô Jésus, toi seul a dû porter
Tout le poids écrasant et lourd de nos pêchés.
Comme toi, à ton Père, au moment d'expirer,
J'ose dire pourquoi l'as tu abandonné.
Fallait-il donc l'épine et le corps flagellé ?
Fallait-il donc la mort, que ton sang soit versé ?
Fallait-il donc Seigneur que tu sois crucifié
Pour que le Dieu vivant veuille bien effacer
Le pêché d'origine et nos iniquités ?

Mais aujourd'hui, Jésus, tu es ressuscité,
Glorieux et vivant tu es le célébré,
Le vainqueur de la mort, le juste glorifié,
Et qu'il soit toujours fait selon ta volonté.

Jésus Christ,
Notre Seigneur,
Notre Sauveur,
Est ressuscité des morts.
Alléluia !

Confession

Mon Dieu,
Veux-tu m'éclairer
Et me dire pourquoi
Tout en moi se contrarie?
Je suis bon et méchant
A si peu d'intervalle.
Par moment,
Je me sens prêt
A vendre mon âme au Diable
S'il m'assure la fortune,
La puissance et la gloire.
Qu'importe alors pour moi
La vie de mon prochain,
Son travail et son pain quotidien.
Qu'importe alors pour moi
Ce frère que je n'aime
Pas comme moi-même.
Qu'importe alors pour moi
Les malheureux, les affamés,
Les victimes, les oubliés,
Et tous les damnés de la Terre.
Un autre jour,
En rêvant sous la lune,
J'invente une histoire
Toute d'amour et d'obéissance,
Où ma chance
Serait d'être pauvre
Et bon simplement.

Et de te prier mon Dieu,
Eternellement.
Je voudrais alors
Apporter à mes frères humains,
Quels qu'ils soient,
Blancs, noirs, jaunes ou rouges,
Amis ou ennemis,
Croyants ou incroyants,
Mon cœur pour aimer
Et souffrir ensemble,
Mon bras pour aider
Et défendre,
Ma face pour y assouvir
Les vengeances,
Le mot qui console
Et surtout, mon Dieu,
Etre ton témoignage vivant,
Là où ta volonté me place.
Mon Dieu veux-tu m'éclairer
Et me dire pourquoi
Tout en moi se contrarie ?
Car, vois-tu,
Je ne suis qu'une grande faiblesse
Et me laisse aller,
Presque joyeux,
A la facilité,
Qui, je le sais,
Te blesse.
Je transgresse
Tes commandements,
Je bois outre mesure

Et fréquente les filles
Des bouges
Où ton nom est banni,
Et où moi-même je te renie
Comme un plaisir supplémentaire.
Je commets l'adultère
Et m'en vante comme d'un talent.
Je n'honore pas ma Mère.
Je fais travailler l'ouvrier,
Dont le pain quotidien,
De moi dépend,
Le jour septième,
Qui pourtant t'appartient,
Je ferme ma maison
A l'étranger,
Fatigué,
Affamé,
Qui frappe à ma porte
Et qui me demande l'hospitalité
En ton nom.

Je mérite la mort,
Mon Dieu,
Et tu m'offres la vie
Et ton pardon,
Sans te lasser jamais.

A vous petits et grands vivants ou disparus.
Vous tous de ma maison.

à mes fils pour qu'un jour, peut-être, ils se souviennent

A mon Père,

Je suis né en l'an vingt, au sortir de la guerre,
Dans un foyer heureux, modeste en vérité,
Mon Père était déjà entre mort et misère,
Crachant ses deux poumons au souffle ypérité.

Réformé, de retour, en dix-sept, à l'automne,
Détruit et condamné par l'enfer des tranchées,
Fantôme déchirant que la vie abandonne,
Montagne des douleurs à son corps attachées.

Son corps martyrisé courbait sa grande taille,
Et rien de la douleur ne lui fut épargné.
Il a livré en vain une ultime bataille,
Sans l'espoir un seul jour de pouvoir la gagner.

Alors il a aimé, comme n'aime personne,
Sa femme et les enfants qui lui étaient donnés,
Jusqu'au dernier moment avant que l'heure ne sonne
De rejoindre ces lieux où tout est pardonné.

Il est parti sans bruit, par un soir de décembre,
Une balle en son corps s'est soudain déplacée,
Foudroyant son cerveau, et son cœur et ses membres,
Et la mort qui rôdait était enfin passée.

J'avais vingt et un mois et quelques jours à peine
Lorsque survint ce drame à nos cœurs douloureux,
Me laissant orphelin, sans amour et sans haine,
Simplement trop petit pour être malheureux.

Je n'ai de ce Papa dont la vie fut si brève
Et pour seul héritage une photographie,
Celle d'un mort-vivant avant qu'il ne décède,
Mais debout, malgré tout, en ultime défi.

Il est mort, je le sais, sans aucune grimace,
Un mouchoir sur la bouche empêchant tout son sang
De rougir tout d'un coup atrocement sa face,
Jusque dans l'angoisse pathétique et décent.

Je n'ai jamais connu ses élans de tendresse,
Ni l'éclat de ses yeux, ni le son de sa voix,
Je ne me souviens pas d'une main qui caresse,
Ni d'un baiser très doux, ni de n'importe quoi.

Ce Père m'a manqué toute mon existence.
Je n'ai jamais cessé pendant toute ma vie
De l'appeler en vain, au nom de l'espérance,
Comme si quelque part il entendait mon cri.

Je n'ai plus aujourd'hui que peu de temps à vivre.
Je ne sais dans le ciel où mon esprit ira,
Mais je sais retrouver, renonçant à survivre,
Ce Papa qui m'attend et qui me tend les bras.

Octobre 1998

à ma Mère

Entre Moret et Loing

Dans toutes ces vallées où serpente la Seine,
Dans tous ces chemins creux où j'égarais mes pas,
J'aimais me promener parfois le cœur en peine
Et rêver d'un lointain que je ne savais pas.

J'aimais surtout ces jours où le ciel est limpide,
D'un bleu si soutenu qu'on le croirait repeint
Par un vent balayant qui, d'un souffle rapide,
Chasse les cumulus qui traînent le matin.

Pour moi c'est à Moret que le Loing entre en scène
Et va tout doucement, d'un cours très sage et lent,
Terminer son trajet d'affluent de la Seine
Et mélanger ses eaux au fleuve qui descend.

Je n'avais pas dix ans que sur la rive humide,
Foulant de mes pieds nus l'herbe qui se couchait,
Je courais en hurlant et d'un geste rapide
Je cueillais sans la voir la fleur qui me touchait.

Parfois, souffle coupé, caché dans la broussaille,
Je guettais les copains qui de loin me suivaient,
Et tel un général héros de bataille
Je mystifiais toujours ceux qui me poursuivaient.

Sur un arbre penché nous avions un refuge,
Fait d'un plancher de bois que les feuilles cachaient.
Invisibles mutins que recherche le juge
Qui ne savait jamais où les drôles nichaient.

Nous y passions les jours de toutes nos vacances,
Guettant et attaquant les bandes qui passaient,
Et valeureux soldats de l'Eternelle France
Rossant d'autres gamins que la peur dispersait.

Après bien des années, des joies et des querelles,
J'ai retrouvé Moret, la Seine et puis le Loing,
Et tout près de la gare aussi la passerelle
Où voyageur assis je regardais les trains.

Le rapide train bleu qui dévorait l'espace
Se ruait en sifflant sous le pont qui vibrait.
Le monstre de métal et l'orgueilleux palace
Fonçait vers le soleil qui déjà l'attirait.

Je me souviens aussi que sur le fleuve calme,
Dans une barque en bois où son mari ramait,
Ma Mère en robe à fleurs, tout amour et tout flamme,
Roucoulait de bonheur pour l'homme qu'elle aimait.

Heureuse, elle venait de donner une fille
A cet homme pâlot, moustachu et distant,
Accueillant sans amour au sein de la famille
Ce petit ange blond qui mourut à vingt ans.

Moi, tout au bout, au fond de cette barque vieille,
En costume marin, absent et résigné,
Ma main traînant dans l'eau, le bachi sur l'oreille,
Je comptais les pêcheurs sur les bords alignés.

Mais depuis bien longtemps la mort a fait son œuvre.
Ma Mère n'est plus là et son mari non plus.
La balade sur l'eau n'était qu'une manœuvre,
Un roman que ma Mère hélas n'a jamais lu.

Cinquante années après j'ai retrouvé Moret,
Et les berges du Loing et le cours de la Seine,
Le fleuve qui descend avalant tout d'un trait
L'affluent endormi qui lentement se traîne.

Ma jeunesse n'est plus et comme dans un rêve
Je revis un passé à jamais révolu.
Les années ont tari la semence et la sève,
Le roman se termine et je l'ai cent fois lu.

Moret, 1979

A Marie

Si le Destin veut bien prolonger ma vieillesse
De quelques jours encor, de mois ou bien d'années,
Si mon cœur a gardé un semblant de jeunesse,
Qu'il brûle encor un peu à tes yeux étonnés.

Qu'il brûle ton visage et qu'il brûle tes lèvres,
Qu'il rallume en ton sang la tempête oubliée,
Et que d'un feu tout neuf il attise les fièvres
De nos corps rajeunis intimement liés.

Je voudrais pour un jour retrouver ma jeunesse,
Entourer de mes bras ton corps abandonné,
Laisser ma main errer en d'intimes caresses,
Et s'il faut en rougir que j'en sois pardonné.

Je voudrais enflammer tous les feux de la Terre
Et ton âme ravir de serments chuchotés,
Je voudrais t'emporter où le bonheur se terre,
Loin de ce monde fou, dur et désenchanté.

1998

A Simone

ma petite sœur
morte à 20 ans

Pourquoi me raconter et dire ma faiblesse.
Même après tout ce temps je n'ai rien oublié,
Ni de tes cheveux blonds et ni de ta jeunesse,
Ni de tes yeux cachés sous ton bras replié.

Je n'en voyais pas moins tes lèvres me sourire,
Attendant que ma main caresse ton front blanc,
Te prendre dans mes bras, dans l'oreille te dire,
N'aie plus peur aujourd'hui, je suis là maintenant.

Toi et moi lutterons contre la maladie
Qui hélas, je le sais, dans ton corps prend sa place.
Bacille dévorant, insistant et maudit,
Et qui jour après jour librement se déplace.

Dans ce corps amaigri qui en silence lutte,
Et bravement fait front car l'espoir le soutient.
Epargnez-lui, Seigneur, que la mort lui dispute
Le temps de vivre encor, si vous le voulez bien.

Aujourd'hui retrouvée, après dix ans d'absence,
Petite sœur perdue que j'avais oubliée,
Pardonne-moi, veux-tu, j'avais mon existence,
Et loin de tous les miens je m'étais replié.

Je vais vivre avec toi les semaines qui viennent.

Oublions tous les deux les orages du temps,
Et presqu'en amoureux, avant qu'ils ne reviennent,
Marchons main dans la main au grand souffle du vent.

Paris, rien que pour nous, étalait ses merveilles,
Et du matin au soir, heureux tels des enfants,
Nous allions toi et moi quand la ville s'éveille,
Et même jusqu'au soir quand le soleil descend.

Mais les jours ont passés, et aussi les semaines,
Et comme des chiens fous, sans se soucier du temps,
Nous avions oublié, petite sœur que j'aime,
Que tout a une fin, inexorablement.

Et je suis reparti vers ceux qui m'attendaient,
Au delà de la mer et en terre Africaine.
Je me disais demain, demain je reviendrai
T'emporter avec nous pour ces terres lointaines.

Mais voilà, mais voilà, le temps va et efface,
Gommant jour après jour les vœux et les serments.
Je n'ai pas su, je sais, te garder une place,
Avec ceux qui vivaient avec moi au présent.

Et pendant de long mois ce fut un lourd silence.
Je pensais simplement que tout se passait bien,
Et que tu n'avais plus besoin de ma présence
Pour vivre enfin guérie ton propre lendemain.

Mais au jour désigné, comme un coup de tonnerre,

Et comme un ouragan que nous n'attendions pas,
Jusqu'à nous arriva l'atroce de la terre.
Pour toi, petite sœur, mon cœur sonne le glas.

Pourquoi ai-je oublié sa peur et sa souffrance.
Qui pourra un seul jour m'accorder le pardon,
Alors que, je le sais, c'est dans l'indifférence
Qu'elle a fermé les yeux en prononçant mon nom.

Janvier 1948.
Janvier 1949.
Décembre 2002.

A mon fils Jean-Claude

> Après des jours et des jours d'une folle inquiétude, après des jours et des jours où ma vie n'avait de sens que par la sienne.

Nous avons eu si peur en ce jour de septembre,
Où colosse abattu torse nu tu tremblais,
Les fiches et les fils qui entouraient tes membres
Comme un ultimatum pour nous se rassemblaient.

C'était roulette russe, hasard ou pile ou face,
Au fil d'un cœur blessé une course éperdue,
Le barillet tournait dans le temps et l'espace,
Personne ne savait si tout était perdu.

Personne ne savait non plus le temps qui passe
Et qui tout doucement guéri le cœur blessé.
Mais qui d'autre que nous effacerait la trace
D'un séjour de douleur qu'il nous faut dépasser.

Aujourd'hui, c'est la joie et tout est à sa place,
Le ciel ne traîne plus un nuage attardé,
Le soleil au zénith, orgueilleux, te fait face,
Debout sur tes deux pieds tu peux le regarder.

22 décembre 1990

à Didier, mon fils,
à Véronique, ma belle-fille,
à Alexandre, le petit garçon qu'ils ont adopté,
mon petit-fils

Un enfant,

Un enfant, un enfant, tout seul et misérable,
Sans collier et perdu dans un orphelinat,
Attendait sans pleurer une main secourable
Et l'amour de parents qu'il ne connaissait pas.

Il était trop petit pour savoir l'injustice,
Comprendre en vérité pourquoi il était là,
Entouré d'inconnus, infortunés complices,
Donnant ce qu'ils pouvaient, hélas, pas au-delà.

Il ne connaissait pas le bruit de l'eau qui coule,
Ni l'éclat du soleil qui vous ferme les yeux,
Ni le chant de l'oiseau qui sur l'arbre roucoule,
Ni les cris des enfants, turbulents et joyeux.

Il vivait, respirait, comme par habitude,
Immobile en son coin, attendant cette main
Qui viendrait un matin rompre sa solitude
Et baliser d'amour un tout autre chemin.

La vie pouvait aller, prolonger les supplices,
Des mois et des années, jusqu'à la fin des temps,

Condamner cet enfant à d'autres sacrifices
Et le laisser croupir dans les pires tourments.

Mais il était écrit que de Terre de France
L'espoir était vivant et viendrait le chercher,
Donner un chaud soleil à sa jeune existence,
Et lui apprendre à vivre, à rire et à marcher.

Alexandre est son nom, Frantz est son patronyme.
Il est beau comme un Dieu ce fils qu'ils attendaient.
Il n'est plus maintenant un bébé anonyme,
Mais celui merveilleux que mes enfants voulaient.

Dans trois jours tu seras parmi nous mon bonhomme.
Peut-être seras-tu, petit, effarouché
Par le concert bruyant des pieds-noirs que nous sommes,
Car lorsque nous aimons on ne peut le cacher.

Nice, le 30 mai 1999

à Emilie,
mon arrière petite-fille

Emilie,

Tu étais attendue et toute la famille,
De tous ces beaux garçons dont c'était l'univers,
A enfin le bonheur d'accueillir une fille,
Et d'en remercier Dieu de nos fronts découverts.

Qu'il veuille ce Bon Dieu sur ton front faire un signe
Qui dira qui tu es, qui illuminera
Tous les jours de ta vie et qui te rendra digne
De tout ce que demain de lui tu recevras.

Le temps qui m'est compté ne me permettra pas
De mes yeux éblouis contempler ta jeunesse.
Qu'il m'accorde pourtant de suivre pas à pas
Tes premières années de toute ma tendresse.

Je voudrais tant garder en cadeau ton sourire,
Ce lien et la chaleur de ta petite main
Et qu'importe aujourd'hui ce qu'on pourra me dire,
Et qu'importe pour moi ce que sera demain.

1er août 2000

à mon petit-fils Alexandre

La complainte d'Alexandre

Je croyais pour de bon avoir enfin trouvé,
Alors qu'abandonné je traînais ma misère,
Outre le paradis espéré et rêvé,
Des parents qui s'aimaient, et pour la vie entière.

Ils avaient bien promis, je le sais, de tout faire,
Toujours main dans la main aller un long chemin,
Et me donner un jour une sœur ou un frère,
Ajoutant au présent ce que promet demain.

Nous étions jusqu'ici une belle famille,
Et chacun pour chacun apportait son meilleur.
Caresses et baisers, une larme qui brille
Quand un bonheur trop grand vous chavire le cœur.

Et tout autour de nous une famille entière
Donnait à tous nos jours son sens et ses valeurs.
Tout était rayonnant, et soleil et lumière,
Car le monde pour nous étalait ses splendeurs,

Nous épargnant toujours égoïsme et laideurs,
Et tout ce qui détruit la joie et l'espérance.
Mais qui pouvait prévoir, après tous ces bonheurs,
Qu'arriveraient les pleurs et la désespérance.

Il est mort mon soleil, commence l'aventure
Et les jours assombris de nos cœurs affligés.
Que les temps son mauvais et que la vie est dure
Pour l'enfant que demain il faudra partager.

Si pourtant ma grand-mère et aussi mes grands-pères
Pouvaient vivre longtemps, mon Dieu qu'ils soient bénis,
J'attendrai sans pleurer, sans souffrir, je l'espère,
Le jour qui me rendra mes parents réunis.

Saint Martin Vésubie
30 et 31 juillet 2001

A Jean Claude

Mon mari

Je me suis réveillée ce matin guillerette,
Et pas stressée du tout par les rides du temps.
Je me sens plutôt bien, très jolie et alerte,
Amoureuse aujourd'hui comme hier à vingt ans.

Jean-Claude ce matin, de son regard étrange,
Me fixant n'a pas dit ce qu'il voulait vraiment.
J'aurais dû deviner, car il n'est pas un ange,
Et ni de bois non plus, mais de chair et de sang.

Il est beau mon mari, malgré le temps qui passe.
Et je ferme les yeux pour retrouver le temps,
Le temps où sans arrêt on se touche, on s'embrasse,
On aime à en mourir, mais sans mourir vraiment.

Nous avons tous les deux fondé une famille,
Laquelle a complété les nôtres simplement.
Les garçons sont venus, une petite fille,
Le bonheur absolu, définitivement.

Si nous ne sommes plus de première jeunesse,
Nous avons su garder nos cœurs d'adolescents,
Et partager tous deux, en commune tendresse,
Nos rêves les plus fous, les plus éblouissants.

Je voudrais que nous deux, pour le temps qui nous reste,
Allions main dans la main, ainsi du même front,

Attendant calmement, sans un mot, sans un geste,
Le jour où doucement nos cœurs s'endormiront.

Nice
27 avril 2002

Chris, ma belle fille, a été l'inspiratrice.
Je n'ai fait que trouver et ordonner les mots.
Ces mots lui appartiennent, à elle et à mon fils,
Car ce sont eux qui s'aiment.

à ma femme, à mes fils, à ceux de ma famille,
à mes amis Niçois et d'ailleurs,
à vous qui étiez avec moi en ce jour anniversaire

J'ai soixante ans

Et bien voilà,
J'ai soixante ans.
Trois fois vingt ans
Si je sais bien compter.
Je n'ai pas l'impression,
Voyez-vous,
D'avoir vécu si longtemps.
Je me sens les mêmes ardeurs
Qu'à vingt ans,
Enfin presque,
Ou pas tout à fait,
Assurément.
Mais ne suffit-il pas
D'y croire encore
Pour se sentir tout-puissant ?
Jusqu'à vingt ans,
Je n'ai rien fait d'important,
J'ai appris à lire, à écrire,
Comme tous les enfants.
J'ai été adolescent
Dans un temps
Où contester n'était pas admis
Par les gens
Et pourtant,

Nous avions nous aussi nos idées.
Nous parlions de politique,
De justice, de liberté,
D'art et aussi de religion.
Comme tous les jeunes gens,
Nous rêvions de refaire
Un monde meilleur qu'avant.
Tout cela n'était pas le plus important.
L'événement,
Ce fut ce jour de printemps
Où je t'ai rencontrée,
Marie,
Plus belle que le soleil levant,
Plus éclatante
Que toutes les fleurs des champs,
Joyeuse comme tu as su le rester
Jusqu'à présent.
Je te regarde maintenant
Avec les mêmes yeux qu'en ce temps.
Tu n'as pas changée,
Marie,
Ton visage n'a pas une ride
Et ton sourire est aussi jeune qu'avant.
Main dans la main,
Nous avons en ce temps,
Pris le même chemin,
Pour vivre d'abord
Ce qui n'était qu'un présent
Heureux et passionné,
Sans nous embarrasser
De conformisme,

De sécurité ou de situation.
Temps merveilleux
Où nous n'étions que tous les deux.
Inoubliable jeunesse.
Et puis, de vingt à quarante ans,
Ce fut le temps des enfants,
Et de tout ce qui leur est dû.
L'amour qu'il faut maintenant
Partager à trois, puis à quatre.
C'est alors le temps des responsabilités.
Il faut enfin compter,
Parler revenus, appartement,
Emprunter, acheter,
Installer, aménager, meubler,
Rembourser, acheter encore,
Et travailler tous les jours
Un peu plus qu'avant.
Mais ce n'était rien
Car le soir à la maison
C'était la merveilleuse chanson
De l'amour partagé.
Nos fils,
Marie,
Ils sont avec toi
Le meilleur de ma vie.
Ils sont beaux,
Ils ont chacun, à leur manière,
De la classe et du talent.
Ils sont bons,
Ils sont généreux,
Ils sont notre fierté,

Ils sont nos fils.
Merci mon Dieu,
Merci Marie
De m'avoir donné tout cela.
De quarante à soixante ans,
Nous avons connu d'autres aventures.
Ce fut la guerre d'Algérie,
La fin d'un monde à nous,
Une guerre qui ne disait pas son nom,
Une terreur qui toucha nos deux fils,
Un soir de novembre mil neuf cent soixante,
Victimes ensanglantées
D'une bombe éclatée.
Je n'en dirai pas plus.
C'est aussi le temps où les cheveux blanchissent,
Et j'en sais personnellement quelque chose.
Les rides apparaissent elles aussi,
Et les petites douleurs de l'âge,
Mais c'est aussi le temps
Où il faut réagir,
Et se dire
Que la jeunesse n'a pas qu'un temps,
Mais qu'elle n'est en fait
Qu'un état d'esprit.
Nous n'avons pas à ce sujet,
Marie,
Ni Toi, ni Moi,
Trop mal réussi.
C'est aussi le temps
Où par un fils aîné interposé
Une fille

Et une autre famille
Nous sont donnés.
C'est aussi le temps
Où les petits enfants
Paraissent.
C'est le temps de la reconnaissance
Et d'une autre tendresse.
Et puis, et puis,
Pour couronner le tout,
Aux abords de la soixantaine,
Nice nous tendit les bras.
Alors pour toi, pour moi,
Marie, Marie,
Une autre vie commença.
Vous êtes mes amis
Les artisans de ce nouveau bonheur,
De cette nouvelle joie de vivre.
Quand je pense
Que nous avons vécu si longtemps
Loin d'ici, loin de vous,
Les copains,
Loin de vous les copines,
Je me demande comment
Nous avons vécu
Un tel sacrifice
Et par quel artifice
Nous avons pu résister
A un tel tourment.

Et bien voilà,
J'ai soixante ans,

Trois fois vingt ans,
Si je sais bien compter.
C'est un peu terrifiant
Si l'on considère
Que le plus gros est fait,
Que la route n'est plus si longue,
Et que viendra le temps
De quitter définitivement
Tout ce que l'on aime,
Les siens, la vie, les gens.
Mais aujourd'hui,
Je veux être résolument
Optimiste,
Et bien décidé
A vivre encore longtemps,
Pour fêter avec vous,
Mes autres soixante ans,
En deux mille quarante
Exactement.

Nice, le 16 mars 1980

à mes amis,
aujourd'hui lointains,
perdus, malheureux ou retrouvés,
ces quelques poèmes en souvenir
d'une rencontre, d'un départ, et
parfois même, hélas, d'une tragédie

A Edith

> Elle a connu autrefois le meilleur,
> elle connaît aujourd'hui le pire

Va, c'est demain que tu embarques
Pour d'autres horizons.
Quitte l'endroit où l'on te parque,
Car c'est une prison.

Adieu, adieu laideurs et brumes,
Tu veux d'autres trésors.
Que dans la nuit pour toi s'allume
Le temps d'aimer encor.

Rêve, et que dans un autre songe
A nul autre pareil,
La joie de vivre te replonge
Vers un autre soleil.

Rien n'est jamais inaccessible

Tu étais aujourd'hui souriante et tranquille,
Les cheveux emmêlés par le vent du matin,
Regardant de chez toi le soleil sur la ville
Et rêvant d'un hasard qui change le destin.

Peut-être viendra-t-il celui que tu attends
Pour donner à ton cœur un bonheur indicible,
Illuminer ta vie et prolonger le temps,
Le temps de l'illusoire et de l'inaccessible.

Si ce bonheur arrive et un jour te surprend,
Que ce soit pour la vie ou qu'il soit éphémère,
Ne laisse pas passer cette main qui se tend
Et t'invite au pays de toutes les lumières.

A Gauthier

Mort à 20 ans dans un accident d'auto,
à Charles, son Papa,
à Margaret, sa Maman,
Fraternellement.

Ô mes parents chéris, pour vous j'ai tant de peine
De vous avoir quitté au soir de mes vingt ans.
Pardonnez mon départ pour la terre lointaine,
Et ne m'en veuillez pas, je reste votre enfant.

J'avais rêvé pourtant de bien d'autres printemps,
D'autres été aussi, prolonger ma jeunesse,
Ne jamais vous quitter, mais hélas maintenant
Si j'ignore où je vais, je sais ce que je laisse.

Je te laisse, Maman, toi ma première image,
Toi le premier sourire à mes yeux dessillés,
Mon ultime pensée, un restant de courage,
Mon corps qui m'a fait mal quand tout a vacillé.

Tu étais, mon Papa, pour moi la référence,
Le phare et mon totem, la sagesse absolue,
Je n'ai pas eu le temps, si courte est l'existence,
De te dire merci pour ce que j'ai reçu.

Je vous sais aujourd'hui effondrés et en larmes,
Dans un monde où pour vous plus rien n'existe plus.
N'accusez pas le ciel, ne prenez pas les armes,
Car si je suis parti, c'est Dieu qui l'a voulu.

Allez main dans la main pour le temps qui vous reste,
Du levant au couchant allez votre chemin,
Jusqu'au jour désigné où vous verrez le geste
Du fils qui vous regarde et qui vous tend la main.

Nice, le 12 avril 2000

à Gaby
il voulait connaître Paris

Paris

Paris,
Paris,
Blanc,
Gris,
Vert de gris,
Triste en hiver,
Sous la pluie
Qui lave
Et délave
Toute la ville
Et les gens.
Paris des printemps en fleurs,
Paris des automnes rouillés,
Paris des étés lourds d'orages,
Paris des hivers meurtriers,
Dur Paris des travailleurs.
Cependant,
Paris des poètes
Et des chansonniers,
Paris de l'élégance,
Et de la beauté,
Paris des grandes avenues,
Paris des faubourgs,
Paris des hôtels particuliers,
Paris des taudis,

Paris de la noblesse
De Passy,
De Neuilly
Ou du parc monceau.
Paris des métallos
De chez Renault.
Paris de la Comédie Française,
Paris des théâtres d'avant-garde,
Paris de Bobino,
De l'Olympia,
De l'ABC ou du Petit Casino.
Paris des Grands Palaces,
Paris des hôtels borgnes,
Paris des salons de thé,
Des agences de voyage,
Paris de ceux qui ne voyagent jamais.
Paris des trafiquants,
Paris des honnêtes gens,
Paris du vélodrome d'hiver,
Paris du métropolitain,
Qui traverse en aveugle
Le Paris souterrain.
Paris de Notre-Dame,
Paris de Saint-Sulpice,
Paris du Mur des Fédérés,
Paris des cimetières
Où dorment côte à côte
Et pour l'éternité
Les anonymes et les célébrités.
Paris de la grande loge,
Paris des mal logés,

Paris des halles
Qui chaque nuit
Déversent sur le carreau
La nourriture
De tous les ventres de Paris.
Paris de la tour Saint Jacques,
Paris de la Tour Eiffel,
Paris du Palais de Chaillot,
Et du Théâtre National Populaire.
Paris de L'ONU,
Paris de l'Ecole Militaire,
Paris de l'Ecole de Guerre,
Paris des Invalides,
Paris de ceux qui n'ont rien perdu.
Paris du Châtelet,
De la Bastille,
Et de la République,
Paris du Sébasto.
Paris de la Rue Saint Denis
Où patrouillent nuit et jour
Des filles dites de joie,
Paris de la porte Saint Martin,
Paris du Concert Mayol,
Et des ses danseuses nues.
Paris de la rue de la Lune
Et de ses librairies spécialisées.
Paris des grands boulevards,
De Richelieu-Drouot
Et du Boulevard Haussmann.
Paris du Musée du Louvre,
Paris des Tuileries

Et de la Rue de Rivoli.
Paris du Palais de Justice,
Paris des procès que l'on escamote,
Paris des procès d'exception,
Paris des juges intègres.
Paris de la Conciergerie
Où depuis la Révolution,
Où depuis la Terreur,
Planent encore les ombres
De Louis XVI et de Marie-Antoinette,
Mais aussi celles de Danton,
De Robespierre,
Et de Lavoisier,
De Camille Desmoulins,
D'André Chénier,
Et de tant d'autres aussi,
Qu'ils soient de noblesse,
Qu'ils soient de robe,
De plume ou de science,
Qu'ils soient religieux,
Politiciens,
Ou simples boutiquiers.
Paris de la Tour Pointue,
Paris de toutes les polices,
Les officielles et les secrètes.
Paris du crime organisé,
Paris du crime pourchassé,
Paris des aveux spontanés.
Paris de l'Opéra,
Paris des petits rats de l'Opéra,
Paris des rats d'égout.

Paris de la Place Vendôme
Où les joailliers célèbres
Etalent outrageusement
Tant de richesses improductives.
Paris de la colonne Vendôme
Erigée à la gloire des victoires napoléoniennes
Et au mépris des soldats morts par milliers,
Du Pont d'Arcole à Austerlitz,
De la Bérésina à Waterloo.
Paris de la rue de la Paix,
Paris des gardiens de la Paix.
Paris de la Rue Saint Honoré,
Paris des grands couturiers,
Paris de ceux qui s'habillent en confection.
Paris de la Place de la Concorde
Et de son obélisque égyptien
Qui a remplacé en son centre
La Guillotine de Samson père et fils.
Charrettes bondées
De condamnés au col dégrafé
Dévisagés et insultés
Par des tricoteuses hystériques.
Paris de l'Assemblée Nationale,
Paris de la discorde,
Sociale et parlementaire.
Paris des Champs-Elysées,
Paris du Palais de l'Elysée,
Paris du Président de la République.
Paris des grandes sociétés,
Paris des multinationales.
Paris de l'Arc de Triomphe

Paris du Soldat Inconnu,
Héros malgré lui
D'une guerre qu'il n'avait peut-être pas voulue.
Flamme du souvenir
Pieusement entretenue par le Gaz de France.
Paris du Panthéon
Et de son immortalité républicaine.
Paris de la Montagne Sainte Geneviève,
Paris de la Rue des Ecoles,
Du Boulevard Saint Michel,
De chez Gibert,
De chez Dupont,
Paris du Jardin et du Palais du Luxembourg,
De la Fontaine Médicis,
De la Rue de la Huchette,
De la Source,
De d'Harcourt,
Et de Capoulade.
Paris des étudiants,
De la Sorbonne,
De toutes les facultés,
Et du Collège de France.
Carrefour du Savoir,
Paris de l'Ecole Polytechnique,
Paris de « Normale Sup' »,
Paris du Musée de Cluny,
Paris de Saint Germain des Près,
Son église,
La terrasse des « Deux Magots »
Où plane encore aujourd'hui
La grande ombre de Léon-Paul Fargue.

Rue Bonaparte,
L'Ecole des Beaux-Arts,
La Rue de Bucci,
Ses loueurs de fringues
Et ses marchands de légumes.
La Rue de Seine,
Ses marchands de fournitures d'art,
Ses vieilles maisons,
Lépreuses et tristes.
Rue Visconti,
Quai Malaquais,
L'Institut de France,
La Coupole,
La gloire littéraire,
La vieillesse,
Le dictionnaire,
L'immortalité précaire.
Paris de l'Odéon,
Paris de la rue de Vaugirard,
De la rue de l'Ecole de Médecine,
De la Rue Monsieur le Prince.
Paris des Princes de la Science,
Paris des Rois en exil,
Paris des rois de la rigolade,
Des rois des camelots,
Des rois de rien du tout.
Paris des écoles d'apprentissage,
Paris des grandes écoles.
Paris des gens bien nourris,
Paris de ceux qui crèvent la faim.
Paris de la prison de la Santé,

Paris de ceux qui n'ont pas de santé.
Paris de la Tour d'Argent,
Paris des restaurants à prix fixe
Et des fourneaux économiques.
Paris du musée de l'Homme,
Paris du musée de l'Armée,
Paris des Grands Magasins,
Le Louvre,
La Samaritaine,
Le Printemps,
Les Galeries Lafayette.
Paris la nuit,
La place Pigalle,
Son jet d'eau,
Sa station de métro,
Bars louches,
Ombres fuyantes,
Fusillades nocturnes,
Tractions avant,
Souteneurs,
Gangsters,
Putains,
Trafiquants de tout poil,
Drogués de toutes les drogues,
Pédérastes,
Gouines,
Corses,
Siciliens,
Nègres,
Arabes,
Pigalle !

La place Clichy,
Petits bistrots,
Le moulin de la Galette,
Le bal à Jo,
Le cirque Médrano.
Paris des chansonniers,
De Bruant,
Dont le souvenir est encore présent
Rue Saint Vincent.
Montmartre de la butte,
De la place du Tertre,
Montmartre d'Utrillo,
De Suzanne Valadon,
De Maurice Donnay
Et de Francis Carco.
Montmartre de Poulbot,
Montmartre de la vie de bohème,
Du Lapin Agile
Et de Mimi Pinson.
Bohème de mon cœur.
Paris des grandes gares,
Paris des grands départs,
Paris des éternels retours,
Paris ville lumière,
Paris des Catacombes,
Paris qui a deux mille ans,
Paris que traverse la Seine
Où se déversent les égouts,
Chiens crevés,
Eau de vaisselle,
Ordures diverses

Et excréments.
La Seine qui coupe Paris en deux,
La Seine des pêcheurs du dimanche,
La Seine des sans abris
Qui dorment sous les ponts.
La Seine des péniches et des bateaux mouches.
La Seine tranquille et sage ;
Seine que j'aime
Regarder couler le soir,
Au pont des Arts,
Et qui reflète dans ses eaux noires
Toutes les lumières de la cité.

Constantine 1952

à Robert Z

Adieu l'Ami

Il faut nous dire Adieu,
Simplement,
S'attendrir, si tu veux,
Un moment.

Mais non ne sois pas triste,
C'est si vain.
Sois fort, gai, oui j'insiste,
Bois ce vin.

Choque ton verre au mien
Et écoute
Le vent qui souffle et vient
De la route.

Ce vent c'est l'inconnu,
Le destin,
L'espoir si simple et nu
Des matins

Où l'on rêve au bonheur
Qui n'est pas.
Déchirants cris des cœurs
Et trépas.

Pas un mot, pas un geste
Inutile.
Tu t'éloignes, je reste,
C'est facile.

Le destin te reprend,
L'amitié
Qui s'enfuit me surprend
A moitié.

Les mois passeront vite,
Et les ans.
Bientôt l'oubli, sans suite,
Reposant.

La Main de Fatma

Cette main faite d'or qu'à ton cou je veux pendre,
C'est pour te protéger du destin les méfaits.
Qu'elle soit le rempart qui pourra te défendre
Dans les jours assombris des chemins imparfaits.

Que toujours protectrice elle sache te rendre
La force qui souvent, fuyante, te manquait.
Que personne jamais ne puisse te reprendre
Tous ces trésors gagnés que l'on te confisquait.

Que cette main dorée au-delà des misères,
Des peines et des pleurs et des hivers glacés,
Puisse t'accompagner jusqu'au bout de la Terre,
Berçant ton cœur ravi de rêves insensés.

A Sâafia, mon amie

Victime d'un accident de la circulation il y a trois ans et depuis paraplégique,
Ses doigts qui dessinaient si bien ses paroles sont eux aussi partiellement paralysés.
L'intelligence est intacte. La voix est rauque, poignante, désenchantée.

Tu as été meurtrie par le destin, implacablement.
C'est le cœur serré et des larmes plein les yeux que j'ai composé, en m'identifiant à toi, ce poème désespéré.
Personne ne peut comprendre, car personne n'est à ta place.
Tu as le droit de crier, d'hurler à l'injustice, de blasphémer et de renier Dieu. Tu as le droit de haïr la Terre entière, car ton désespoir est trop lourd à porter.
Laisse-nous cependant t'aimer.

J'avais la jeunesse
Et la vie.
J'étais le mouvement perpétuel.
J'aimais rire, danser et chanter.
J'aimais les gens,
Tous les gens.
J'aimais les animaux,
Et surtout les oiseaux
Qui sur l'arbre perchés
Chantent pour le seul plaisir de chanter.
J'aimais tout ce qui bouge,
Tout ce qu'anime le souffle de la vie,
Tout ce qui va et vient.

Je rêvais au bonheur,
Je rêvais à l'amour.
Je pensais avoir tous les droits
Car j'avais vingt ans,
L'âge de toutes les folies,
L'âge de toutes les espérances.
Et puis un matin,
Qui n'était pas un beau matin,
Un matin pourtant ensoleillé,
Un matin où rien n'aurait dû se passer,
Pour moi le mouvement s'est arrêté.
Il a suffit d'une seconde
Pour faire de moi ce que je suis
Aujourd'hui,
Pantin inerte et désarticulé
Qui ne sait plus comment crier
Sa misère et sa désespérance.
Vivre sans mes jambes
Qui savaient si bien me porter,
Et courir et danser,
Vivre sans mes mains,
Pour toucher,
Sentir un cœur battre
Ou caresser,
Ce n'est plus vivre.
Je ne sais plus que respirer
Et regarder autour de moi
Les autres,
Les chanceux de l'existence,
Aller et venir avec aisance,
Se mouvoir avec élégance

Et chanter la romance
De l'amour partagé.
Je voulais tout connaître
Des plaisirs de la vie.
J'avais confiance,
Je croyais en ma chance,
Je bousculais avec complaisance
Les interdits et les tabous.
Je vivais la quintessence
De mes désirs,
De mes passions
Et de mes goûts.
Aujourd'hui,
Figée dans ce fauteuil qui roule,
Visage délavé par les larmes qui coulent,
Pauvre corps tassé qui lentement s'écroule,
Je n'ai plus qu'un désir,
Mystique et insensé.
Il occupe mes jours et mes nuits,
Les jours trop longs,
Mes perpétuelles insomnies,
Il est le verbe,
Le seul que je conjugue
Sans jamais me lasser,
Il est ma prière
Et ma seule espérance,
Il est ma dernière et ultime exigence,
Mon Dieu ! Mon Dieu !
Je veux marcher.

Annaba, le 21 septembre 1990

Des mots, toujours des mots,
Pour dire la blessure de l'exil et celle de l'injustice

Plus jamais

C'est fini, plus jamais mes yeux ne reverront
Cette terre africaine à mon cœur fraternelle
Aujourd'hui exilé seuls mes vers vous diront
Combien c'est douloureux de vivre aussi loin d'elle.

Je n'ai pas retrouvé sur ma terre natale
Ni la couleur du ciel ni le souffle du vent,
Et je n'écoute plus la plainte matinale
Que scande le mouden vers le soleil levant.

Je ne sentirai plus le parfum des épices
Que les marchands des souks étalent le matin,
Ni l'odeur du méchouï offert en sacrifice
Pour sauver Ismaël d'un funeste destin.

Plus jamais je n'irai roder dans les ruelles
De Fez l'Impériale ou d'Alger la casbah,
Plus jamais je n'irai en Kabylie rebelle
Ni flâner comme hier dans les rues de Rabat,

Ni retrouver Tunis, ensorcelante ville,
Ni Sidi Bou Saïd embaumant le jasmin,
Ni le ciel toujours bleu de Djerba la tranquille,
Carthage où accostaient les vaisseaux des Romains.

J'ai quitté pour toujours les hauts de Constantine,
La place de la Brèche et la rue Caraman,

Et tous ceux qui chez moi partageaient la cantine,
Le pain et puis le sel si chers aux musulmans.

Frère de ce temps-là ma peine est si profonde
Qu'aujourd'hui je ne sais comment vous dire adieu.
Peut-être un autre jour et dans un autre monde
Nous réunirons-nous, à la grâce de Dieu.

C'est fini, plus jamais mes yeux ne reverront
Cette terre africaine à mon cœur fraternelle.
Aujourd'hui exilé seuls mes vers vous diront
Combien c'est douloureux de vivre aussi loin d'elle.

Saint-Martin Vésubie, août 1992

Justice

Un homme qui avait faim
A volé un petit pain
Au boulanger du coin.
Un homme qui n'avait pas faim
A volé cent millions
Pour entretenir une putain
Qu'il aimait bien.
Le Président du tribunal
Devant sensément
Punir le mal
Equitablement,
A rendu les arrêts suivants :
Attendu que le premier inculpé,
Homme primitif,
Ne peut contrôler ses intincts,
Mauvais, cela s'entend.
Attendu qu'il représente
Un danger permanent
Pour les honnêtes gens.
Attendu qu'il a huit enfants,
(Quand on n'a pas d'argent,
On se retient que diable !)
Attendu qu'il est inscrit
A un parti révolutionnaire,
Attendu qu'il a fait la grève,
Attendu qu'il a défilé le premier mai,
Attendu qu'il a injurié les agents,

Les braves gens,
Et par suite qu'il n'a que très peu saigné
Sous les coups des bâtons blancs.
Attendu qu'il avait déjà injurié sa concierge.
Condamnons l'inculpé
A deux ans de prison,
Sans sursis,
Dommages et intérêts pour le boulanger
Que la perte d'un petit pain avait acculé à la faillite,
Aux dépens bien entendu.
Deuxièmement :
Attendu qu'il n'a pas été prouvé
Que le prévenu soit un voleur ordinaire.
Attendu qu'il n'est que le PDG
D'une société anonyme
Spécialisée dans la recherche
Des produits du sous-sol
Dans les pays du tiers-monde,
Attendu que la dite société
A fait faillite
Par la faute des ouvriers
Lesquels s'obstinent
A ne plus vouloir travailler
Pour rien ou presque.
Attendu que le prévenu
A fait la preuve de sa bonne volonté
En ne conservant que deux châteaux,
Douze voitures de grand luxe,
Pas même un avion
Mais un simple hélicoptère,

Un seul yacht,
Deux maîtresses,
Une vedette de cinéma
Mais aussi,
Et démocratiquement,
Une couturière à la journée.
Attendu que le prévenu
S'habille bien,
Attendu qu'il a une montre en platine
Et quelques dents en or,
Attendu qu'il a du ventre,
Attendu qu'il se peigne la raie au milieu,
Attendu qu'il fréquente le Tout-Paris,
Attendu qu'il est membre bienfaiteur,
Des œuvres de la Police
Et de la magistrature.
Attendu qu'il connaît
Plusieurs ministres en exercice
Et d'anciens présidents du Conseil.
Attendu que le Ministre de la Justice,
Lui-même,
L'honore de son amitié.
Attendu qu'il est sympathique,
Attendu qu'il est en bonne santé,
Prononçons la relaxe pure et simple.

L'audience est levée.
Tout le monde est content
Et sort.

La Justice,
Petite morte adorable,
Reste seule,
Allongée sur le plancher,
Les bras en croix.

1960

A Toi, Titus, mon Chien,
A Toi qui as été pendant douze années
Mon ami, mon compagnon aimant et fidèle.

Titus, mon chien, mon ami.

Bientôt onze ans,
Déjà onze ans
Que tu fais partie de ma vie.
Je dis déjà
Car j'ai peur du temps qui passe
Et qui, quoi qu'on fasse,
Nous conduit à une autre place,
Là où s'efface
Toute trace.
Il arrivera ce jour où l'un de nous
Manquera à notre face à face.
Si c'est moi qui le premier te quitte,
Je te réserverai quelque part,
A côté de moi,
Une petite place.
Si c'est toi qui le premier s'en va,
Réserve-moi sur ton territoire céleste
La place qui me revient,
Là où pour le grand somme
S'en vont un jour tous les hommes,
Et pourquoi pas les chiens.

Alger, août 1989

Le testament de Titus

A Toi, mon ami, mon compagnon,
A Toi qui as su être bien autre chose que mon maître

Bientôt douze années
Qu'un soir d'octobre,
Toi et moi
Nous nous sommes rencontrés.
J'étais alors un chiot d'un an ou deux,
Né je ne sais où,
Un affreux toutou,
Tout sale et tout pelé,
Echoué après un long vagabondage
Dans ce refuge de Mougins
Où ton fils cadet vint m'adopter.
Depuis ce jour béni,
Je n'ai jamais cessé
De te regarder
Et sur tes yeux fixer
Mon regard éperdu et fidèle.
Douze années que nous partageons
Nos promenades,
Et le dimanche nos escapades
Dans ces chemins que l'on dit des douaniers
A Saint Jean Cap Ferrat.
Douze années
Que nous avons de concert
Souvent battu la campagne,
Et même la moyenne et la petite montagne,

Souviens-t'en !
Je galopais devant et autour de toi,
Descendant et remontant
Des collines vertes,
Partant à la découverte
D'un nouvel univers
Que je ne connaissais pas,
Allant et venant,
De fleurs en herbes odorantes,
D'odeurs et de senteurs entêtantes
Etourdi et saoulé.
C'était le temps de ma jeunesse,
De mes coups de folie !
Les oreilles au vent
Je filais comme une flèche,
Par collines et par champs,
Langue pendante
Et gorge sèche,
A la recherche
D'un amour de printemps.
Je me calmais un moment
Et puis je recommençais,
Car le printemps revenait,
M'apportant des odeurs et des senteurs
Que je connaissais
Et qui me troublaient.
Alors, je repartais,
A toute allure,
Vers d'autres aventures.
A cette époque-là,
Je n'oublie pas

Que grâce à toi,
Mes yeux ont retrouvé la lumière.
Ma prière
N'aura pas le temps,
Ma vie entière,
De t'en remercier.
Maintenant, je traîne un peu les pattes,
C'est la santé qui se gâte,
Et si parfois je rate
Une marche ou un talus,
Si quelquefois je n'en peux plus,
Je t'en prie,
Fais semblant de ne pas t'en apercevoir,
Car, vois-tu, si maintenant
Mon cœur bat la chamade,
S'il menace parfois de me laisser en rade,
Pour toi il est toujours vaillant,
Aimant et courageux.
Douze années
Que je m'endors le soir
A côté de toi,
Là où ma tête trouve sa place,
Là où ta main si douce me caresse
Et flatte mon corps détendu.
Alors je me sens bien,
Et je sais bien
Que nous avons l'un pour l'autre
La même et infinie tendresse.
Mais je sais bien aussi qu'un jour
La mort terrible et insensible
Viendra nous séparer,

Sans nous prévenir
Et sans nous demander
Si nous avons encore envie de vivre.
Alors, il faudra bien nous quitter.
Mais rien que d'y penser
Je tremble de tout mon corps
A cette éventualité.
Si je ne sais pas pleurer
Je sais gémir
Et dans mon trou me terrer,
Comme un petit chien malheureux
Et désespéré.
Hier, tu es parti
Pour un autre voyage en Algérie,
Sans te demander si je pouvais en souffrir,
Me laissant seul
En des mains étrangères,
Des mains peut-être caressantes et légères,
Mais des mains qui ne sont pas les tiennes.
L'année dernière,
A Val d'Isère,
Nous vivions ensemble des jours heureux.
Aujourd'hui, c'est la galère,
Le supplice, la misère,
Car je ne sais pas si ton absence
Sera longue ou passagère.
J'écoute en permanence
Les bruits extérieurs
Car je sais qu'entre mille
Je reconnais ton pas.
Il viendra bien ce jour,

Où de retour,
Sur mon cou tu refermeras tes bras,
Et tu me diras à l'oreille,
Je suis là et je t'aime.
Dans cette langue si particulière,
Une langue tellement étrangère
Qu'elle n'est connue que de toi et moi.
Je sais bien que me quitter
Est pour toi un calvaire
Et que tu n'y consens
Qu'à ton corps défendant.
Pour le toutou que je suis,
La vie est tellement courte,
Le Bon Dieu a tellement compté
Et limité
Le temps de nos années
Que maintenant je t'ai rattrapé,
Que bientôt je vais te dépasser
Et vivre au grand galop
Le reste de mes jours.
Alors, si tu m'aimes
Tout autant que je t'aime,
Ne laisse plus jamais
Rien ni personne nous séparer.
Ne m'abandonne plus en d'autres mains,
Garde-moi près de toi,
Quoi qu'il arrive,
Quoi qu'on en pense autour de toi,
Car si demain je dois mourir,
Je veux que ce soit dans tes bras
Et en te regardant.

Titus, mon petit bonhomme,
Si demain je dois le premier
Tirer ma révérence
Et terminer mon existence,
Que ce ne soit pas en ton absence.
Que sous mes doigts encore vivants
Je puisse sentir ta présence
Auprès des miens rassemblés.

Alger, août 1990

A propos d'un voyage,
D'un mariage, d'un anniversaire,
D'un fou-rire, et même de quelques bien inutiles fantaisies.

à Michèle et Jean-Louis
à propos d'un voyage de noces à Venise

Les Amants de Venise

Que c'est triste Venise a chanté Aznavour,
Un jour de désespoir et de grande déprime.
Mais si le soleil brille et que chante l'amour,
Venise redevient l'espace maritime

Où venaient autrefois accoster les vaisseaux,
Apportant sur les quais la soie et les épices.
Les doges ne sont plus et ni Marco Polo,
Il reste la lagune où la gondole glisse.

Sur la place Saint Marc les pigeons vont et volent,
Harcelant le passant qui toujours les nourrit.
C'est la place en été des mascarades folles,
Des rendez-vous galants, des batailles fleuries.

Je vous vois tous les deux allant tranquillement,
Par les canaux obscurs, sous la lune qui brille,
Absents d'un monde fou, seuls éternellement,
Ne voyant même pas le marin qui godille

Et qui chante pour vous, comme un bel italien,
D'une voix de ténor, la plus belle romance,
Le cœur à cœur tremblant, l'indissoluble lien
Qui je sais vous unit dans la barque qui danse.

Que le chemin soit long pour vous deux dans la vie,
A Venise ou ailleurs que l'amour vous ressemble,
Et que vienne le jour attendu et béni
Où naîtra le bébé que vous ferez ensemble.

A Laurence

Le jour de son mariage

Nous les amis de ton enfance,
Les seuls, les vrais, c'est l'évidence,
Sommes heureux, en l'occurrence,
De te féliciter, Laurence,

Car aujourd'hui c'est l'espérance,
C'est le bonheur, c'est la romance,
La vie à deux pour vous commence,
Peut-être à trois, bientôt, Laurence.

L'amour est sans équivalence,
C'est le soleil de l'existence,
Que sa chaleur, que sa puissance,
Vous unissent toujours, Laurence.

Que pour vous deux, en abondance,
Un généreux destin dispense
Tous les bienfaits auxquels on pense
En t'embrassant très fort, Laurence.

L'anniversaire de Marie

Ce petit poème n'a que l'ambition d'être la traduction écrite de la pensée profonde de Marie au jour de son septantième anniversaire.

J'ai vécu tant de jours que je n'en reviens pas,
Connaissant des bonheurs, traversant des tourmentes;
J'ai fait ce que j'ai pu, j'ai marché à mon pas,
Descendant des chemins, remontant bien des pentes.

J'ai connu, mes enfants, des douloureux matins,
Mais aussi, grâce à vous, le bonheur indicible
De vous accompagner chacun à vos destins,
Vous aimant toujours plus et jusqu'à l'impossible.

Je suis fière de vous, mes merveilleux garçons,
Je vous sais courageux, intelligents et sages,
Et je sais que toujours, de toutes les façons,
Vous serez avec moi, jusqu'à la fin des âges.

Le meilleur de ma vie, le but et l'absolu;
Je vous ai, je l'avoue, dès les jours de l'enfance,
Au-delà du normal, aussi du résolu,
Proclamés les plus beaux, mes dieux, mon espérance.

Et j'aime tout autant vos enfants, vos compagnes,
Les amis rencontrés au détour d'un chemin,
Les miens, ils sont nombreux dans bien d'autres campagnes,
Et tous les inconnus que j'aimerais demain.

Aimez-moi, gardez-moi, au profond de vos cœurs ;
Que ce soit dans le bleu ou bien dans la grisaille,
Que mon rêve soit d'or ou traîne ses langueurs,
Aimons-nous, s'il vous plaît, il n'est que ça qui vaille.

Gémenos 1995

à ma Mère,
à mon Père,
à ma Femme,
à mes Fils.

J'ai cinquante ans

Réveillé ce matin comme un jour de semaine,
Je me sens tout joyeux, sans souci et sans peine.
Je souris même un peu en voyant ma bedaine,
Modeste malgré tout pour une cinquantaine.

Depuis que je suis né j'ai eu bien de la veine.
Des parents merveilleux, une tendre Chimène,
Un Père et des enfants, des amis à la chaîne,
De quoi fêter heureux une juste cinquantaine.

Je n'ai jamais couru vraiment la prétentaine
Cependant j'étais beau, souviens-t'en ma Chimène!
Mais ce n'est qu'avec toi, fredaine après fredaine,
Qu'amoureux éperdu j'atteins la cinquantaine.

Et si le temps qui va doucement nous entraîne
Vers d'autres lendemains aux heures incertaines,
Que ma main dans ta main le destin nous entraîne
Pour beaucoup plus longtemps que nos deux cinquantaines.

Jean-Claude FRANTZ

Si j'ai été l'inspiration et la pensée, mon Papa a été le versificateur et le porte-plume.

à Henri, brillant avocat Sétifien
en souvenir d'un extravagant fou-rire

L'homme et le chant choral

Quand le curé lui dit, Maître, il vous faut chanter,
Psalmodier les réponds, et puis à l'offertoire,
Tout seul, sans harmonium, et pour nous enchanter,
Glorifier le seigneur en des versets de gloire.

L'homme a dit je suis prêt, va pour le Kyrie,
L'aérien Gloria, le glorieux Sanctus,
Le cantique à Marie, et puis, sans trop crier,
L'Alléluia vainqueur, le repentant Agnus.

A la répétition, pourtant, il s'aperçut
De la difficulté ; le moindre son perçu
Maltraite son tympan, l'assourdit, le transperce.

Le cantique est fini, l'homme se croit sauvé ;
Mais l'harmonium reprend, l'Abbé s'étant levé
Lui dit d'un ton badin : prenez donc à la tierce.

Une femme pas spécialement particulière

Un auteur autrefois romançant la trentaine
Des femmes de son temps aux langueurs calculées,
En imagina une à l'humeur incertaine,
Cachant sous ses jupons des ardeurs refoulées.

Elle avait à quinze ans par décret de famille,
Accueilli dans son lit un bourgeois opulent
Qui lui faisait l'amour d'un élan qui vacille,
Essoufflé par son poids de mari corpulent.

Puis elle avait grandi et rêvé d'adultère,
De serments chuchotés et de baisers volés,
Du frôlement troublant sous sa robe légère
D'une main curieuse aux longs doigts affolés.

Elle aima le plaisir et au gré du passage
Les assauts des galants de bonne société,
Sans jamais qu'un remords n'altère son visage
Ni ne vienne un moment troubler son bel été.

Mais l'été se termine, il faut vivre l'automne,
Le corps n'est déjà plus chaque jour désiré,
Et le commun des jours devenu monotone
Laisse au cœur comme un goût de deuil prématuré.

Et c'est enfin l'hiver, elle est loin la trentaine,
Demain est un aveugle et ses desseins cachés.
Il va falloir quitter cette terre inhumaine
Et demander à Dieu le pardon des pêchés.

Mathématiques

Mon copain m'a dit qu'il t'aimait,
Mais moi aussi je t'aime,
C'est bête,
Enfin,
D'être à deux sur la même,
Et que tu sois toute seule
Pour deux.
Un peu comme l'équation
Idiote,
Deux égalent un
Et un égal deux.

Une petite fantaisie, en passant…
En souvenir d'une cure à Vichy

La complainte du curiste

Source Chomel,
Chaude et légère,
Je te bois.
Source Lucas,
Froide et sévère,
Je te bois.
Grande Grille,
Je te digère
Et je te bois.
Source Hôpital,
Je te préfère
Et je te bois.
Célestins,
Plus familière,
Je te bois.

Mais Anisette,
Blanche guerrière,
Dans ma misère,
Je pense à toi.

Vichy 1962

Lettre à mes amis Algériens

Le silence est le pire des abandons, encore qu'il ne soit jamais, ni partiellement ni totalement l'oubli.

Seulement un laisser aller, une sorte de paralysie intellectuelle et affective inexplicable, comme si plus rien d'autre n'existait que la respiration et le sens inné de vivre.

Malgré les apparences, malgré le temps qui passe, je n'ai pas un seul jour cessé de penser à vous tous, avec affection, avec tendresse, avec aussi le souci permanent à vous savoir en péril, que ce soit d'une manière ciblée ou les victimes innocentes du hasard et de la folie meurtrière d'illuminés inconscients et barbares.

Je lis les journaux qui chaque jour, ou presque, nous rapportent les drames qui ensanglantent Alger, mais aussi sa périphérie, et tous ces villages de la mitidjia, si riches autrefois de promesses exportatrices et nourricières, même si l'occupation Française ne rendait pas à chacun sa juste part.

Il n'en reste aujourd'hui rien d'autre que le sang répandu et les gorges ouvertes de toutes ces Algériennes, de tous ces Algériens, enfants et vieillards confondus, mes sœurs et mes frères humains.

J'en souffre avec vous tous, je pleure ces inconnus massacrés, j'ai même honte de ne pas être resté pour partager avec vous l'angoisse, la peur et la désespérance.

Hélas, le temps, les années, commencent à laisser sur ma carcasse des marques douloureuses. Les réflexes s'émoussent, le jarret n'a plus la même vélocité, la mémoire elle-même connaît des défaillances, et je dois désormais mesurer mes efforts et mes pas.

C'est pourquoi je n'ai pas fait une fois encore ce voyage qui me mènerait jusqu'à vous.

Je ne sais pas en vérité ce qui se passe réellement en Algérie, politiquement parlant, sinon ce que j'en lis dans diverses publications, de toutes les tendances d'ailleurs, encore qu'aucune ne soit ni optimiste ni seulement rassurante.

Je sais seulement que de pauvres gens sont assassinés tous les jours avec la pire sauvagerie, je sais seulement que des gens courageux parlent, écrivent, se manifestent ; intellectuels et écrivains universellement reconnus, journalistes menacés, fonctionnaires scrupuleux, et qu'ils tombent sous les balles, les explosifs, le couteau des égorgeurs, la pelle, la bêche ou la fourche des agriculteurs. D'autres malheureux sont carbonisés dans des masures enfermés.

Ce n'est plus la guerre, c'est l'apocalypse !

Comment peux-tu, mon Dieu, contempler ces horreurs !

Mohamed DIB, auteur notamment de « Dieu en barbarie » écrit : « En Algérie, on meurt plus facilement qu'on écrit. Plus forte est la barbarie, plus forte est la haine jurée. »

Quelques lignes du roman noir de l'Algérie « Sable rouge ; d'Abdelkader DJEMAÏ » ;

« A chaque fois qu'il sortait, sa femme se précipitait à la fenêtre comme si elle voulait protéger ses arrières, prévenir les coups meurtriers qui l'abattraient.

Lorsqu'il entendit Aïcha hurler à la fenêtre, un hurlement à faire voler en éclat les vitres de la ville, il comprit alors qu'il allait mourir ici même. »

Comment ne pas avoir le cœur serré et les larmes aux yeux en lisant ces lignes.

Et pourtant, Algérie, tu restes belle et généreuse à mon cœur. Je n'oublie pas la couleur de ton ciel, le souffle et la caresse de ton vent, ton soleil éblouissant et l'hospitalité de tes habitants.

Je n'oublie rien de ton domaine maritime, je n'oublie rien de tes forêts, de tes plateaux et de tes plaines, de tes douars perdus dans les montagnes de Kabyllie ou des Aurès ; je n'oublie pas non plus l'immensité Saharienne, elle aussi monde du silence, de la patience et de la vanité des choses et du temps.

Puisse un Dieu attentif et miséricordieux, nous rendre le bonheur et la paix retrouvée ; puisse-t-il me permettre encore, vaille que vaille sur mes vieilles jambes fatiguées, de retrouver en toute liberté et sécurité les routes et les chemins, les villages, les douars et les méchtas de mon Algérie fraternelle, puisse-t-il me permettre de revoir ce peuple des villes comme celui du bled, des montagnes et du désert, puisse-t-il me permettre de vous retrouver tous, mes amis, mes frères et vous serrer sur mon cœur.

Si Dieu le veut, ce sera !

Juillet 1997

Rêverie d'un soir

Il fait doux ce soir, le ciel est encore clair et il traîne çà et là quelques nuages blancs immobiles.

Perché sur l'antenne télé d'une petite maison, en contrebas de la terrasse, un merle siffle sa mélodie du soir.

Des martinets montent très haut dans le ciel et plongent à une vitesse phénoménale vers la basse ville et la mer.

Je n'ai pas l'envie de siffler, je n'ai pas le pouvoir de vaincre la pesanteur, je n'ai que l'envie de fermer les yeux, de me taire, d'évoquer les bonheurs et les joies du passé, aussi des images lointaines, parfois inavouables ou désespérées.

Mais toi, mon Père, toi, ma Mère, vous, mes sœurs, aujourd'hui disparus, vous, les amis de ma jeunesse et ceux d'aujourd'hui, toi, ma Femme et le cœur de ma vie, vous, mes Enfants, vous, mon sang et ma sève, vous, mes amis, garçons et filles, vous tous qui un jour ont croisé mon chemin, vous qui le croiserez peut-être demain, je vous aime.

Je ne connais qu'un devoir celui d'aimer.

Albert CAMUS

Table

Cet ouvrage a été édité par
la Société des Écrivains
147-149, rue Saint-Honoré 75001 Paris
Tél. : 01 39 08 05 38 Fax. : 01 39 75 60 11
info@societedesecrivains.com

Imprimé en France

Dépôt légal 4e trimestre 2003.

ISBN 2-7480-1396-4